誰在牀下養了一朵雲?

林世仁／詩　林小杯／圖

目錄

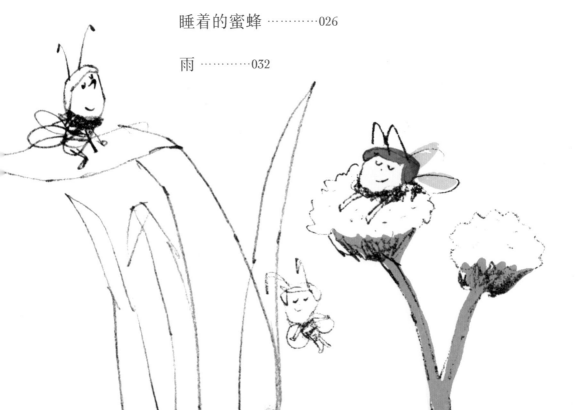

注：台灣的「公車」即香港的「巴士」。

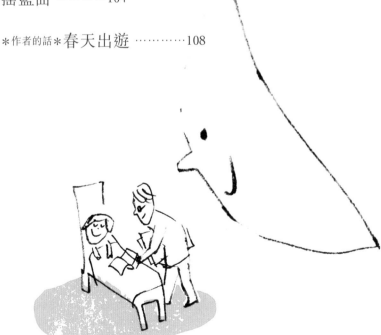

序詩 禮物

我要送你一份神秘禮

沒有漂亮 的包裝紙

沒有繫上七彩的緞帶

沒有商標，沒有定價

還悄悄藏在一個神秘境

那地方啊～～

　　在夢想之外

　　在故事之外

　　在島嶼之外

　　在海洋之外

　　在大地之外

　　在天空之外

　　在宇宙之外

　　在天堂之外

　　……

喔哦，藏得那麼遠啊？

（你嘟起嘴巴，抬起頭）

那我要怎麼收到這份禮呢？

呵，別擔心

神奇的禮物自然有神奇的開法！

只要在天堂之內

在宇宙之內

在天空之內

在大地之內

在海洋之內

在島嶼之內

在故事之內

在夢想之內

⋯⋯

輕輕打開你的心房

你就看到嘍！

世界大掃除

來！每人一塊橡皮擦

一、二、三……開始！

把「不乖」擦掉

把「不好」擦掉

把「不行」擦掉

把「不可以」擦掉

把所有生氣的眼睛擦掉

把所有搖頭的嘴巴擦掉

甚麼都乖

甚麼都好

甚麼都行

甚麼都可以

世界真乾淨！

一個山洞張着嘴

一個山洞張着嘴，
空空洞洞好寂寞。
蜘蛛看到會錯意：
「我來幫你補一補！」
一個山洞悶着嘴。
「嗯嗯嗯……嗯嗯嗯……」

一個山洞悶着嘴。
山風過來幫幫忙：
「讓我來當你的好舌頭。」
一個山洞張着嘴。
「呼呼呼！呼呼呼！」

一個山洞張着嘴。

路過的麻雀飛進來：

「讓我來當你的好舌頭！」

一個山洞張着嘴。

「吱吱吱！喳喳喳！」

一個山洞張着嘴。

貪睡的山豬跑進來。

「讓我來當你的好舌頭！」

一個山洞張着嘴。

「呼嚕嚕！呼嚕嚕！」

「嗯嗯嗯！」蜘蛛織大網。

「呼呼呼！」山風踢踏舞。

「吱吱吱！」麻雀唱山歌。

「呼嚕嚕！」山豬打呼嚕。

一個山洞張着嘴⋯⋯

誰來當山洞的好舌頭？

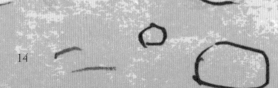

喀哩喀啦吃點心

夜輕輕，風清清

喀哩喀啦想要吃點心

吃甚麼呢？

太陽太燙，月亮太冰

大小星星剛剛好

蘸點海水更可口

一顆星，兩顆星⋯⋯

喀哩喀啦吃掉好多星

一顆星，兩顆星⋯⋯

星星眨眼睛：誰來救救我？

夜涼涼，風冷冷

喀哩喀啦張開大嘴巴，還想吃點心

吃甚麼呢？

地球太大，石頭太小

大小山巒剛剛好

蘸點月光更可口

一座山，兩座山……

喀哩喀啦吃掉好多山

一座山，兩座山……

大山小山哇哇叫：誰來救救我？

夜黑黑，風冰冰

喀哩喀啦張開大嘴巴，還想吃點心

吃甚麼呢？

樓房太硬，河水太軟

大小街燈剛剛好

蘸點螢火更可口

一盞燈，兩盞燈……

喀哩喀啦吃掉好多燈

一盞燈，兩盞燈……

街燈拼命眨眼睛：誰來救救我？

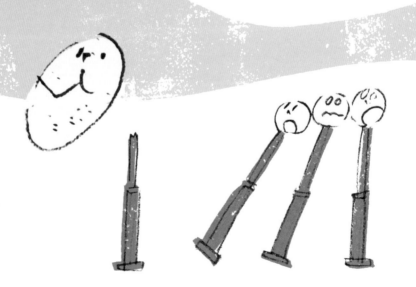

不要怕，不要慌

宇宙大俠追來了！

喀哩喀啦嚇得轉身逃

逃啊逃，追啊追

喀哩喀啦逃到哪，宇宙大俠追到哪

海底下——踢出來！

陰影下——揪出來！

喀哩喀啦好害怕

趕緊分身千萬千

變得小小小

到處躲，四處藏

藏得無影又無蹤……

夜深深，風輕輕
宇宙和平又來到
宇宙大俠搔搔頭：
咦，喀哩喀啦究竟躲去哪？

噓——
偷偷告訴你
不在保險箱
不在牀底下
就在小小薯片罐
　　不信？
不信打開薯片罐，一片接一片
聽——「喀哩喀啦！」

顏色跑到哪裏去了？

雨停了，彩虹出來了！

紅、橙、黃、綠、□、靛、紫

喔哦！甚麼顏色不見了？

太陽急急忙忙繞着地球找

東邊照照，西邊照照

山上沒有，路上沒有

動物園裏也沒有

晚上

所有動物的夢裏頭都出現一片大海洋

大象和鯨魚在海底比賽拔河

小熊和章魚繞着珊瑚礁玩尋寶遊戲

獅子在海上仰泳

看海豚在空中跳雲圈圈

燕子追着海浪上上下下

教海馬花式溜冰

彩虹上坐滿了美人魚

唰唰唰的抖着「魚尾巴雨」

沙漠裏飛來一群熱帶魚

吵着要駱駝説故事

獼猴騎着魟魚遨遊四海

一路上發現好多新大陸⋯⋯

整整半個月

所有動物的夢裏頭都熱熱鬧鬧

雨停了。彩虹出來了！

紅、橙、黃、□、藍、靛、紫

喔哦！這會兒又是少了甚麼顏色？

太陽偏着頭想。

晚上

所有人的夢裏頭

都出現一片大草原……

睡着的蜜蜂

一隻睡着的蜜蜂想：

我睡着了，我在作夢

我可以不必「嗡嗡嗡！」的叫

我可以像鳥一樣歌唱

他就像鳥一樣歌唱

「啾啾啾！吱吱吱！」

還像狗一樣汪汪叫

像貓一樣打呼嚕

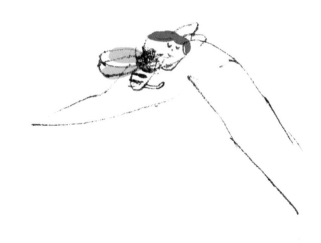

一隻睡着的蜜蜂想：

我睡着了，我在作夢

我可以不必「嗡嗡嗡！」的飛

我可以像鹿一樣奔跑

他就像鹿一樣奔跑

還像魚一樣搖擺身體

像毛毛蟲一樣踮起腳尖慢慢走

一隻睡着的蜜蜂想：

我睡着了，我在作夢

我可以不必「嗡嗡嗡！」的採蜜

我可以做點不一樣的事

他就像蜘蛛一樣織網

像猴子一樣爬樹

還像蜻蜓一樣在湖面輕輕點水

一隻睡着的蜜蜂想：

我睡着了，我在作夢

我可以不必「嗡嗡嗡！」的當蜜蜂

我可以換換模樣

他就變成風，四處飄蕩

他就變成水，到處溜滑梯

他就變成陽光，緩緩發光

把山坡薰出草香……

草香薰醒了蜜蜂

他拍拍翅膀飛起來

咦？午後的山坡有些不一樣

一會兒像綠巨人的頭髮

一會兒像起起伏伏的海浪

一會兒又像浮來晃去的

綠色大果凍……

蜜蜂嘟起嘴巴嗡嗡嗡：

「喔哦，我醒了……世界卻睡着了！」

雨

雨是天生的鋼琴手

看見甚麼都想彈一彈

彈彈小河　「滴答！」「滴答！」

彈彈山坡　「淅瀝！」「淅瀝！」

彈彈大街　「嘩啦！」「嘩啦！」

　鐵皮屋　「咚！咚！咚！」

　紅瓦房　「叮叮叮！」

　大臉盆　「叮咚！」「叮咚！」

　窗玻璃　「啪嗒！」「啪嗒！」

　樹葉上　「淅——瀝瀝！」

　　　　　「淅——瀝瀝！」

雨傘上　「滴—滴—答—答！」

　　　　「滴—滴—答—答！」

小聲一些　「淅淅瀝……」

　　　　「淅淅瀝……」

大聲一點　「嘩啦啦！」「嘩啦啦！」

湖心上　一圈漣漪　兩圈漣漪……

馬路上　敲濕一輛汽車

　　　　敲濕兩輛汽車……

咦？那邊有人沒帶傘、想偷跑！

看我追上去──

「哎呀呀！」

「噫──！」

「嗚──！」

「唉唷喂啊！」

「唉唷唷！」

嘻嘻

還是人的聲音最好聽！

我在牀下養了一朵雲

每個人的牀下都有一隻小古怪！

姊姊的牀下是隻臭臭鰻，

害她晚上不敢往下看。

妹妹的牀下是隻愛哭狼，

害她天天牀單水汪汪。

弟弟的牀下是隻小海狗，

害他翻來滾去，差點兒變成海灘球！

我的呢？說了怕你不相信。

我的牀下是一朵小白雲！

我的小白雲，

柔柔暖暖，好像一隻小綿羊。

每天晚上，我都唸好聽的故事給牠聽：

西遊記、封神榜、金銀島、

吹牛男爵歷險記……

（只有一本絕不唸：環遊世界八十天。）

我唸甚麼它都愛！

我唸 ABC，它就學 ABC。

睡不着覺，我就數雲：

一朵小白雲、兩朵小白雲、

三朵小白雲⋯⋯

我睡着，它最開心！

它愛吃我的甜甜夢，

暖暖夢也不錯，抱抱夢更歡迎！

只有黑黑夢、冷冷夢，

它一碰就會拉肚子、鬧胃痛。

半夜，它愛偷偷溜上我的牀，

擠啊擠，擠得牀鋪濕答答，

害得媽媽以為我尿牀。

早晨，它最愛聽我打呼嚕，

尤其是星期天，它就像隻哈巴狗，

撒嬌要我讓它聽個夠。

（媽媽，您現在知道了吧？

不是我不起牀！）

我的小白雲，又乖又聽話。

我天天等着它，等它愈長愈大，

變得胖嘟嘟、肥又壯，牀底塞不下。

到那時候，

只要它一挺身，打聲嗝——「嗝！」

啊！我的小白雲就會托起我

和我的好夢牀，

飛得高高高，飄啊飄，

環遊世界八十天，去看美麗新世界！

超級強力膠

我有一罐強力膠，
可以把房子黏在地上，
把星星黏在天上，
把小鳥黏在電線桿上。

我把風景黏在馬路兩旁，
把夢想黏進大家的腦袋瓜，
把壞脾氣的黑貓
黏上巫婆的掃把，
把滑不溜丟的筋斗雲
黏在孫悟空的腳下。
我把昨天和今天黏在一起，
又把明天黏在另一邊，
還把上帝的微笑
黏上高高的藍天。

只要我想，

我可以把北極和南極黏在一起

──太陽、月亮也沒問題！

昨天，我差點兒就把

天和地都黏成一家人。

可是……

唉，為甚麼你今天掉頭走得這麼快？

害我沒辦法把我們兩個黏到一塊兒！

偷偷告訴你

昨天下午

我在公園碰到一位天使

他蹲在花叢裏不敢回家

我沒有嚇他，也沒有罵他

我對他眨眨眼睛

他也對我眨眨眼睛

我對他笑一笑

他也對我笑一笑

我們一塊兒蹲在玫瑰花下

看螞蟻搬家

看毛毛蟲停在葉子上

數牠的腳指頭

我們一動也不動

假裝自己是小木偶

偶爾，蜻蜓會在我們的頭上轉圈圈

麻雀飛飛停停

松鼠也在樹上搖尾巴

牠們都想來和我們一塊兒玩躲貓貓

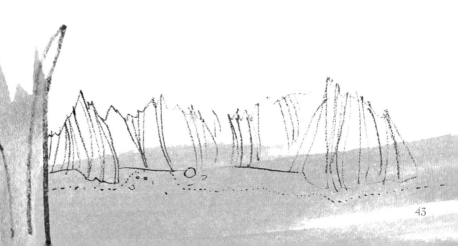

傍晚，星星亮起來，街燈亮起來

我們揉揉腳，站起來，把手洗乾淨

他答應做一個好天使

我答應做一個好小孩

我們打完勾勾

就各自回到自己的家

(我想：昨天下午

上帝一定和媽媽一樣凶！)

換衣服

想和地上的螞蟻換衣服

螞蟻說：「忙死了忙死了，

哪有時間跟你換衣服！」

想和窗外的蝴蝶換衣服

蝴蝶説：「休想休想，

休想換我的花衣裳！」

想和電視裏的鸚鵡換衣服

鸚鵡説：「去去去，

我才不想穿你的怪衣裳！」

想和溜進來的風換衣服

風説：「不換不換，

晒衣架上的衣服我都穿不完！」

想和房間裏的媽媽換衣服

媽媽説：「別蘑菇姑啦！

快穿上紅領小背心，

我們要去外婆家啦！」

太陽的聲音

你聽過太陽的聲音嗎？

有點熱，有點吵

有點讓你耳朵想開花

給我一百塊

就讓你免費聽一次

機會難得，要聽要快

錯過再等一百年！

甚麼，你不要？

哦——你有月光的聲音？

聽一次只要五塊錢？

呃，好吧……五塊拿去！

一定哪裏出了岔

放學的時候

我的腦海裏跳出一隻神仙魚

水花濺得我兩眼亮晶晶

牠是那麼靈巧，漂亮 ，又罕見

我趕緊張開口

請牠出來見見我的好朋友

一定哪裏出了岔！

牠游出我的嘴巴忽然變了樣

一定哪裏出了岔！

小明板起臉孔，別過頭

他說：「哼，你幹嘛

放出一隻鯊魚亂咬人？」

雨中的公車

下雨天
空氣濕濕的
馬路濕濕的
坐在公車裏
公車也濕濕的

濕濕的公車
滑過濕濕的城市
突然在紅綠燈前
鯨魚一樣唱起歌

剎那間　我瞧見
一隻鯨魚　滑過斑馬線
游進水花四濺的海底城
水草偽裝成路邊的樹

礁岩假裝自己是高高的樓房

熱帶魚戴着安全帽

在高架橋下興奮地穿梭

而坐在鯨魚肚子裏的我

是快樂的小木偶皮諾丘

正等着與最親愛的人

在下一站

　　驚

　　　喜相逢

心裏的動物園

我的心裏有一座動物園

剛開始

裏頭只住着幾隻小白兔

慢慢地

美麗的孔雀進來了

愛吹牛的青蛙進來了

優雅的天鵝進來了

好奇的長頸鹿進來了

愛熱鬧的熱帶魚也進來了⋯⋯

我一天一天長大

動物園也一天一天長大

獅子雄赳赳地進來了

老虎正經八百地進來了

驢子傻呼呼地進來了

大象心事重重地進來了⋯⋯

上個星期天我們大吵一架

一群蟒蛇偷偷溜進來，東繞西走

十幾隻野狼跳進園裏，又吼又叫

嚇得其他動物躲躲藏藏

害得我晚上睡不着覺

昨天，你傳來一張紙條

約我今天公園見面

一群長臂猿在我心裏跳上跳下

幾隻狐獴東張西望

弄得我拿不定主意

害得我忘了早餐甚麼滋味

還好，現在蟒蛇溜走了

野狼睡着了

長臂猿變乖了

狐獴安靜了

百靈鳥開始歌唱

羚羊開始蹦跳

微風吹開了公園裏的花

只因為我沒有遲到

只因為你對我一笑

限時專送

清晨　我在蝸牛身上寫了一首詩

　　　託牠送給你

06:00　我的詩在草地上散步

08:00　我的詩在大石頭上晒太陽

10:00　我的詩在小鳥肚子裏玩捉迷藏

12:00　我的詩在大蟒蛇的肚子裏迷了路

14:00　我的詩在一顆種子頭上發呆

16:00　我的詩在水鴨肚子裏遇見一隻蚯蚓

18:00　我的詩在小河裏學游泳

20:00　我的詩在營火晚會上和一鍋綠豆湯

　　　變成好朋友

22:00　我的詩跟着水蒸氣往上飄

24:00　我的詩在雲裏練習高空彈跳

現在啊現在　我的詩化成了雨

正滴滴答答落在你的窗前

落進你沉沉的夢裏……

大腳巨人的詩

牆壁在跳動

　（所有釘在牆上的畫都掉了下來）

門窗在跳動

　（所有貼在門窗上的

　「春」字都倒了過來）

馬路在跳動

　（所有車子都變成了雲霄飛車）

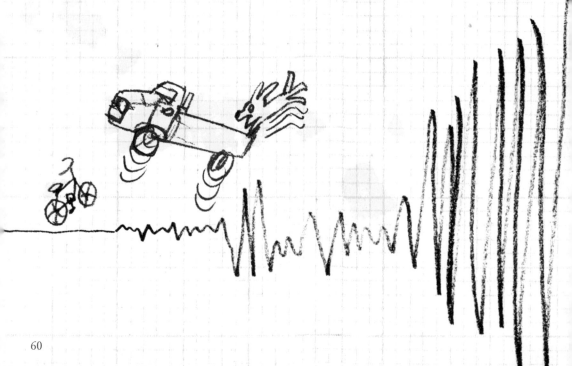

河在跳動

　（所有魚都跳出水面跟飛機打招呼）

山在跳動

　（所有動物都搶着玩高空彈跳）

海在跳動

　（所有雲都忙着幫天空擦濕濕的臉）

整個世界都在跳動

　（所有東西都離地三分鐘）

只因為我抬起我的腳……

打開冰箱掉出□

地球發燒那一天

我打開冰箱

想拿些冰塊給地球退退燒

想不到冰箱門一開

□就叮叮咚咚跳出來

「我自由了！我自由了！」

□跳上書桌：

「我是書、我是卡片、我是小方桌！」

「喂，小冰塊！快回來！」

□貼上牆，身體一下變大，一下縮小：

「我是畫框、我是電視、

我是四四方方的大窗戶！」

「冰塊！冰塊！快回來！」

□ 叮叮咚咚跳到大門外

按了電梯往下跑

頭也不回大聲喊：

「我不是冰塊，我是□！」

我追到樓梯口，正想往下跑

電梯門打開，△對我一鞠躬：

「歡迎光臨！

想不想跟我一塊兒去頂樓吹吹風？」

「不不不！我想往下

下樓去追□！」

「下樓？沒問題！」△一個倒立

變成▽：「下樓下樓，

我們去大街上兜兜風！」

大街上，好熱鬧

人人頭上都頂着怪東西

有人頂着！　有人頂着？

有人頂着＄＄＄

這個黃頭髮，那個黑皮膚

這邊「您請！您請！」

那邊「SORRY!SORRY!」

▽好興奮，跳來跳去，歪來倒去

踩得我兩腳痛來痛去

「扶好我！扶好我！」

我只好扶着▽，慢慢往前走

街上到處都是□的親戚：

方形眼鏡、格子襯衫、

四方口袋……

哎呀，□究竟藏在哪？

天好熱，汗又多，▽一下晒成▼

連房子也晒成 ■

胖樓房 ■ 　瘦大廈 ▮

肩並肩，一棟連一棟

滿街房子都變成

■■▮■■■▮■■■■▮▮▮■■

好像城市條碼

風一吹，唰！———

風對飛鳥眨眨眼：

「嘻嘻，不貴不貴，這座城市，

定價三千三百三十三萬個微笑！」

黑黑世界真可怕，抬頭看

遠處瞧……

哈，□ 在街角玩跳繩！

一二一二　　∩∪！∩∪！

玩完跳繩換皮球

一顆黑皮球滾過來 ・・・・・● ● ●

「碰！」

又滾回去 ● ● ●・・・・

□ 張開大嘴吃東西，

吞了木，變成困　吞了人，變成囚

吞了水，變成囷　吞了井，變成囲

吞了書，變成圖

哎呀！變得我都看不懂

這樣玩鬧還不夠

□ 轉身對我扮鬼臉：

□　　□　□□□　□　　　□　　　□□□□　　□
□　　□　□　　□　　　□　　　□　　　　　□
□□□　□□□　□　　　□　　　□□□　　　□
□　　□　□　　□　　　□　　　□　　　　　□
□　　□　□□□　□□□　□□□　□□□□　□

我趕緊上前抓住□

□一哭，變成水～～

～～淌～～得～～到～～處～～

濕～～答～～答～～

「好玩！好玩！」▼又拍手又跳舞：

「□會變身，我也會！

▼是小陀螺，▲是金字塔

能動、能靜厲害吧？

來，請你吃顆牛軋糖！」

▲　　　▲▼▲▼▲▼▲▼▲　　　▲
▲▲▲▲▼▲▼▲▼▲▼▲▼▲▲▲▲
▼▼▼▲▼▲▼▲▼▲▼▲▼▼▼
▼　　　　▼▲▼▲▼▲▼▲▼　　　　▼

「陪你一塊兒跳支舞！」

「送你一艘船！外加一陣風！」

▼忽然漲紅臉：

「喔哦，我想上廁所，快快快！」

上廁所？往哪裏？

路標亂七八糟：←↑→↓↘↗↖↙

好像上哪都可以

問人也沒用 👌👆👈👉👇👈

我拿出望遠鏡∞，終於找到正確處所

我上♂，▼上♀

我才知道▼是女生

再碰頭，世界變得不一樣

「看，有人放焰火！」

　　愛愛　　　愛愛

愛愛愛愛愛愛愛愛
愛愛愛愛愛愛愛愛愛
　愛愛愛愛愛愛愛
　　愛愛愛愛愛
　　　愛愛愛
　　　　愛

我的心頭忽然響起好多♪ ♫ ♫ ♫ ～～

「看，天上出現好多星！」

　　　　☆
　　　　　☆
　　　　　　☆
　☆☆☆☆☆☆☆☆☆
　☆☆☆☆☆☆☆☆
　　☆☆☆☆☆
　　　☆☆☆
　　　　☆
　　　　☆
　　　　☆
　　　　☆
　☆☆☆☆☆☆

呵，地球一發燒，怪事特別多

我請▼到店裏喝果汁

心裏開出一千道彩虹、一萬朵花

窗外，人人頭上都頂着 ∨ ∨ ∨

我正想跟▼說些悄悄話

遠處走來一個◇，微笑望了▼一眼

唉，好像☀遇見☽

▼雙眼冒出 ♥♥♥

「咚咚咚！」追出去……

☆☆☆消失了　　♪ ♫ ♬消失了

我的心一下變成 ◢◣

大街上，就我一個頭上頂着 ✕

唉，地球發燒那一天

我的心也開始發燒

我默默走回家

默默走上樓梯＿＿＿＿＿

關上門，放下窗簾 ▲▲

假裝做功課

媽媽忽然走到我面前

兩眼發燒像地球

擰起我的小耳朵：

「小○！你又晒成●！

是不是一整天都

在外頭野？」

唉，地球發燒那一天……

不公平

咦，就你一個人在看我們？

哼，不公平！
我們這麼多人在看你！

奇妙海洋奇妙多

奇妙海洋奇妙多，想就有，不必開口説！

果汁海洋變化多，

游蛙式？海水變成蘋果汁。

游蝶式？浪花變成甜橙汁。

換仰式？划來划去西瓜汁。

狗爬式？張口閉口甘蔗汁。

不會游泳？沒關係！

只要帶根長吸管，躺上游泳圈，

包你喝到綜合果汁！

巧克力海洋甜蜜多，

人人都是香噴噴的小黑人。

不怕你餓肚子，只怕你吃到拉肚子！

巧克力海水濃又香，

弄得你髒兮兮又笑呵呵。

離開時，汪汪叫的服務員會搖着小尾巴，

幫你全身舔乾淨。

牠們都是盡責又貪吃的哈巴狗！

音樂海洋快樂多，

海水就是音符，高高低低，來來去去。

Do Re Mi Fa So La Si ！

Si La So Fa Mi Re Do ！

游得快，音符劈哩啪啦碰一塊兒，

舞曲輕輕快快。

游得慢，音符悄悄手牽手，

抒情歌兒晃晃悠悠。

奇妙海洋奇妙多，想就有，不必開口說！

果凍海洋？沒問題！

讓你滑來滑去真輕鬆，不怕沉下去。

花朵海洋？沒問題！

海水送來百花香，讓你變成花仙子。

口袋海洋？沒問題！

讓你裝進口袋帶回家。

（好玩、有趣又稀奇，就是沒法跳進去！）

泡泡海洋？沒問題！

游進去就讓你變成泡泡人，

隨風飄到外太空。

漩渦海洋？沒問題！

跳進去，保證把你捲進夢世界。

奇妙海洋奇妙多，

有沒有海洋不能碰？

有——海鮮鍋海洋！

海鮮鍋海洋，香噴噴，熱呼呼，

讓人忍不住就想跳進去。

但是千萬要忍住、忍住、別衝動……

誰要跳進去，誰就會變成

香噴噴巨人的香噴噴午餐！

奇妙海洋奇妙多，想就有，

不必開口說！

閉上眼睛，想一想……

你還想要甚麼樣的

新鮮海洋？

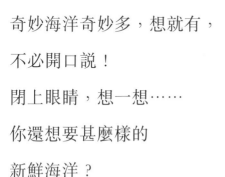

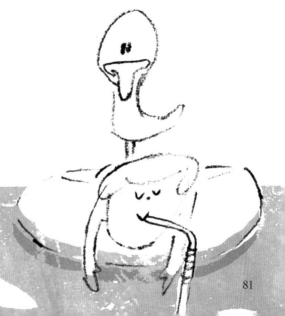

蠹蟲

一本書最大的不幸

　　就是：

裏頭有一隻大蠹蟲！

一本書最大的幸運

　　就是：

這一隻蠹蟲是畫上去的！

冰箱裏的沙漠

我在冰箱裏冰了一塊沙漠

就在紅紅的大西瓜旁

關門前

我聽到駱駝輕輕叫了一聲：

「哇，好舒服啊！——」

救火員達達

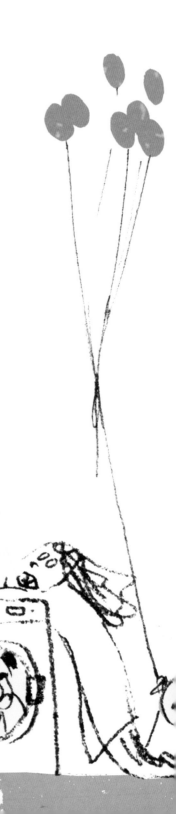

偉大、英勇、不怕死的救火員達達，
你救出了甚麼？
「我救出了一牀棉被！」

英勇、不怕死的救火員達達，
你救出了甚麼？
「我救出了臥室木門！」

不怕死的救火員達達，
你救出了甚麼？
「我救出了洗衣機！」

救火員達達，你救出了甚麼？

「我救出了一聲『唉唷喂啊』！」

達達，你救出了甚麼？

「我救出了一堆氣球！」

傻瓜達達，你到底救出了甚麼？

「我救出了橫條紋和直條紋！」

笨死了的達達，

　　你究竟還救出了甚麼？

　　「我還救出了我自己！」

自由女神

誰知道臭氧層為甚麼會破洞？

自由女神！

你看她把手舉得那麼高

誰知道雨林為甚麼愈變愈小？

自由女神！

你看她把手舉得那麼高

誰知道流浪狗為甚麼滿街跑？

自由女神！

你看她把手舉得那麼高

誰知道人類為甚麼愛打仗？

自由女神！

你看她把手舉得那麼高

自由女神甚麼問題都想答
她最愛舉手回答：「我知道！」

只可惜自由女神統統答錯了
你看她被上帝罰站那麼久
手還不准放下來

宇宙之外

我站在宇宙邊緣

往外丟了一顆石頭⋯⋯

「咻！」石頭一直往外飛

（哈，宇宙比我們想像的還要大！）

「匡啷！」宇宙被我射破一個洞

（咦⋯⋯洞外頭會是甚麼呢？）

「唉唷！」石頭彈回來砸到我的頭

（耶，這裏真的是宇宙盡頭！）

以上三種可能

究竟⋯⋯哪一個會成真呢？

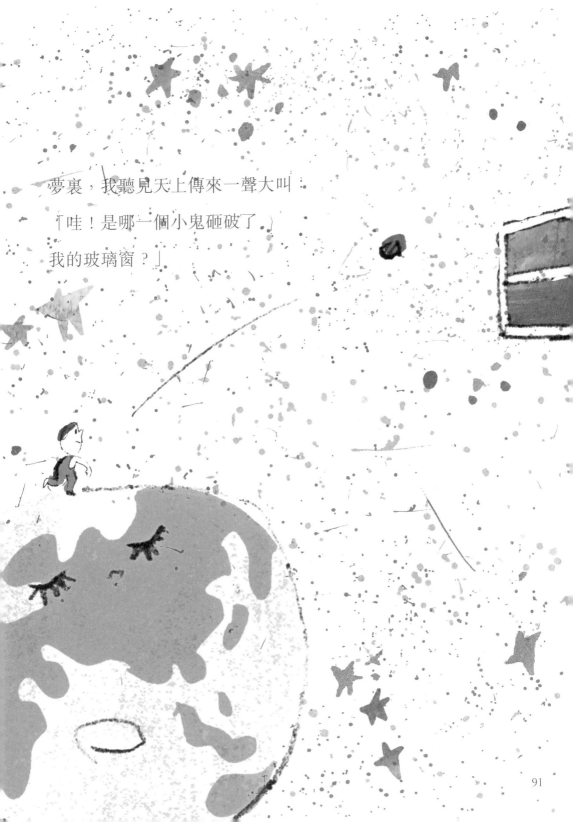

夢裏，我聽見天上傳來一聲大叫：

「哇！是哪一個小鬼砸破了
我的玻璃窗？」

給外星人的一封信

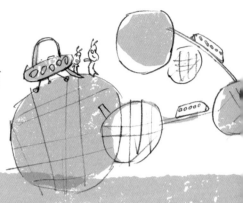

親愛的外星人：

星期天，你願意來我家玩嗎？

請搭上宇宙列車

在銀河站下車

然後轉搭太陽公車

第三站記得按鈴

下車後，請別在奧林匹斯山逗留

也不要去逛珠峰

直直往東走，經過亞洲

跨過台灣海峽就到了

對了，別忘了要校正時間喔！

請把時光撥快

跳過唐、宋、元、明、清

直接調到二十一世紀！

101 大樓別停太久

新光三越看一眼就好

搭上捷運，轉一趟公車

再走過三條岔路

彎過五個轉角，穿過小公園

巷裏左邊第三家

陽台上的小男孩就是我！

注：台灣的「捷運」即香港的「地鐵」。

我畫了一張詳細地圖

附上捷運指南

還有幾家你能買到零食的

便利超商

相信你一定不會迷路

我跟同學打賭你一定存在

請別讓我失望喔！

打賭從來沒輸過的

地球小朋友

敬上

注：台灣的「便利超商」即香港的「便利店」。

PS.

如果你怕走丟

直接降落到我同學的夢裏頭

跟他說一聲也行喔！

我把世界藏在口袋裏

我把世界藏在口袋裏

只要輕輕摸，我就知道它的狀況

冰冰的是南極和北極

中間那一圈有點燙燙的是赤道

尖尖的是喜馬拉雅山

濕濕的是太平洋

凹下去的那一道縫是馬里亞那海溝

　（癢癢的，是鯨魚在啄我的小指頭）

我只要把食指放進氣流中心

轉一轉，就能把低氣壓轉成強烈颱風

　（再往邊邊靠一靠

就像碰到旋轉風車——唧唧唧！）

嗯，把拇指按在火山口上也不錯

可以感覺熱熱的岩漿氣沖沖的往上頂

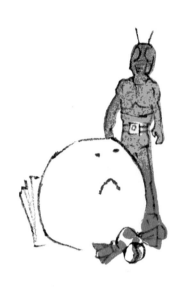

好像幫我做 SPA

中指呢

用來拍拍世界的腦袋瓜兒剛剛好

（不過，它最近不太乖

愛吵嘴，愛自己跟自己打架

還動不動就發燒）

有時候，彩虹會從我的口袋裏溜出來

我就知道裏頭剛剛下過雨

還出了大太陽

偶爾，幾朵雲想飄出來，

我就耐心哄它們回去

順便彈幾顆流星，讓它們開開心

呵，有這樣的寵物真不賴！

走到哪兒帶到哪兒

只是，它有時候也愛鬧情緒

像今天，我看它那麼愛轉圈圈

隨手幫幫它，正轉一下，倒轉一下

讓時間一下往前，一下往後

（這不是很好玩嗎？）

想不到，口袋裏傳出小小的抗議聲：

「喂！我說老天爺啊，

你別再鬧了行不行？」

—— 嘿，這世界小歸小

脾氣可不小！

春天歪了

春天歪了
春天倒了
春天忘了
春天餓了
春天掉了
春天紅了
春天綠了
春天不見了

春天跳起來

春天彎下腰

春天抓抓癢

春天扭扭腰

春天摳鼻子

春天摔一跤

春天不洗澡

春天抓跳蚤

春天光溜溜

春天軟趴趴

春天胖嘟嘟　　　　　春天用頭走路

春天皺巴巴　　　　　春天用腳寫字

春天叮叮噹　　　　　春天用耳朵唱歌

春天哇哇叫　　　　　春天用舌頭跳舞

春天羞羞臉　　　　　春天數它的腳指頭

春天好好笑　　　　　春天數不清它的腳指頭

　　　　　　　　　　春天不會數它的腳指頭

春天哭了

春天笑了

春天胖了

春天涼了　　　　　　春天塌了

春天慘了　　　　　　春天慌了

春天醉了　　　　　　春天糗了

　　　　　　　　　　喔哦，我不能再掰了

　　　　　　　　　　春天——來了！

搖籃曲

睡吧，睡吧，小親親

星星已經起牀

街燈已經醒來

夜的小船就要啟航

神奇的旅程正在前方等着你

我已經為你鋪好藍色的海洋

在海上為你擱上小木船

船上有白色的風帆

帆上叮叮噹噹響着十三個小飛盤

我會在這裏輕輕搖

搖着海水送你往遠方輕輕飄⋯⋯

你可以在船尾和我揮揮手

一路隨着流星航過大海溝

船頭有愛親嘴的海豚陪你聊天

船邊有愛吵架的飛魚找你玩跳高

船桅上還有淘氣的海風

吵着要你上去和他

比膽量、摸星星

玩累了，你可以躺在甲板上

數一數海鷗的起落

我會請來最美的人魚

為你唱好聽的船歌

當你醒來

海上會升起神奇的三山島

島上有我為你埋下的神奇寶

當然，洞口會有可怕的火龍

吐着紅紅的舌頭

　（記得，千萬別把牠們打得太厲害

牠們只是盡責的醜八怪）

那麼……睡吧，睡吧

小親親

和你的海洋説晚安

和你的小船説晚安

和天上的星星説晚安

和窗外的街燈説晚安

我會在這裏輕輕搖

等着聽你夢裏的

甜甜笑……

作者的話 童心出遊

我的第一首童詩寫於 1993 年，比起童話創作，晚了一年。

那一年的 10 月，我一口氣寫了廿首，然後，整整兩年沒有再動筆。

因為——我覺得我寫得沒有比小朋友好！

還要再等上好幾年，我才終於穿過「童詩隧道」，張開想像力的翅膀，優遊於童詩的奇妙異境。

這幾年，寫童詩成了我最輕鬆、愉悅的「腦力活動」。我不再刻意去搜尋靈感，只是伸着「靈感釣竿」，無所為而為的，等待靈感們自己「願者上鉤」。而當一個靈感在我的腦海裏劈啪亂跳，我只要順着它的節奏，就能很快用文字把它速描下來。有時，靈感與成品之間的「時間距離」非常短，就像生魚片一樣，嗯，超新鮮！於是，每當我寫童話寫到悶時，童詩便成為一個轉換開關，一下子就能「啪！啪！啪！」的，為我的心靈開窗通風。

童詩和童話，都是「童心看世界」。但是兩者看出去的風景，似乎有些不一樣。寫童話，我偶爾會寫出略帶感傷的故事；寫童詩，我卻很少觸碰到感傷的事。童詩，似乎比童話更貼近兒童遊戲、歡快、好奇的心。

想像力和情感是童詩的兩大動能。收在這本集子裏的作品，大多是偏向想像力的「童話詩」。童話詩，有詩的型式，又有童話的趣味。例如＜打開冰箱掉出□＞，我便請出了電腦裏的符號，讓它們擔綱演出、客串角色。題目中的「□一」不是文字，只是一個方塊的圖像，所以也唸不出來——而既然唸不出來，你要怎麼唸它就都可以了！（最方便的，大概是把它唸成「方」或「框」吧？）

　　童話詩的動感強，趣味足，能讓人眼睛發亮、嘴角微笑、腦中晃過一絲興奮的閃電……我希望它們能拉近讀者跟詩的距離。

　　為了寫這一篇「作者的話」，我打開許久沒整理的電腦檔案，這才發現十幾年下來，我已經寫了兩百多首童詩！以前，每逢聽到有人寫了一、兩百首童詩，我總是心生讚嘆，十分佩服。沒想到，自己竟然也在不知不覺中寫了這麼多！也許，這就是時間的魔法吧？

　　在兒童文學的類型中，童詩始終是最弱的一環。寫的人少，讀的人不多，出版社也對它「又愛又怕」。但我始終相信，好的童詩是兒童文學裏的鑽石，質小晶瑩，雖然體積不太引人注意，卻能閃爍出最純粹的光。

要問我詩是甚麼？寫童詩有甚麼好玩的地方？我會這麼說：

詩是文字的光

光中有七彩的芯

　　那是

眉毛在學鳥的飛翔

耳朵追蹤風的足跡

雙手撫摸出世界的臉

眼睛化身成魔鏡的故鄉

嘴角在笑的翹翹板上學倒立

腦海中，打撈到逃家的閃電

心窩中，睡着童年的我

我就是這樣想着　寫着　享受着⋯⋯

希望你也能這樣享受到童詩的美好！

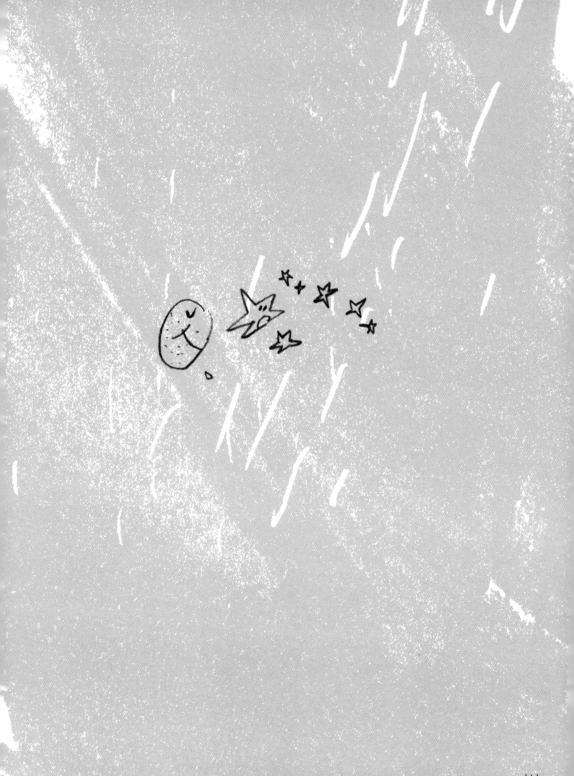

誰在牀下養了一朵雲？

作　　者：林世仁

繪　　圖：林小杯

責任編輯：鄒淑樺

封面設計：黃沛盈

出　　版：商務印書館 (香港) 有限公司

　　　　　香港筲箕灣耀興道 3 號東滙廣場 8 樓

　　　　　http://www.commercialpress.com.hk

發　　行：香港聯合書刊物流有限公司

　　　　　香港新界大埔汀麗路 36 號中華商務印刷大廈 3 字樓

印　　刷：美雅印刷製本有限公司

　　　　　九龍觀塘榮業街 6 號海濱工業大廈 4 樓 A 室

版　　次：2016 年 9 月第 1 版第 1 次印刷

　　　　　©2016 商務印書館 (香港) 有限公司

　　　　　ISBN 978 962 07 0494 9

　　　　　Printed in Hong Kong